堕天使と堕青年

もっちープリンス著

郁朋社

堕天使と堕青年／目次

装丁／根本　比奈子

第一章

1

東京から、約650キロ程離れた東北のある地方都市。

豊かな自然に囲まれた農業が盛んな土地。

若者達の多くは高校を卒業すると、東京に出ていき、過疎化が進んでいる。

幼少から、あまり開発の進んでいない街で過ごす若者達は、いつからか、大都会への憧れを胸に秘め、生活を送るのだった。

流行を取り入れた店等あまり無く、便利さに慣れている都会とは、大分、違う。

そんな地方都市に春が訪れて、川辺の原っぱには、紋白蝶が舞っている。


ゴールデンウイークも終わり、ポカポカした昼間の太陽の下、川辺で遊ぶ子供達の姿が、過ぎ去った余暇の色どりとなった頃。

新緑が鮮やかな里山の山裾にある学校。

美術部の部室。

授業を終えた部員達が今日も集っていた。

高校一年生の田宮誠一と早乙女順子。

おとなしそうな感じで、いかにも無垢な少年といった感じの誠一。

お人形さんのようなルックスに、少し、すれた感じのある順子。

その他、高校二年生、三年生、全員合わせて五人の生徒達。

描いている途中の油絵に、さっそく取りかかる。

誠一と順子は、家も近所であり、大の幼馴染であった。

幼い頃から、よく二人で遊んだものだ。

親同士の交流は無く、親は、二人の接点にすら関与しなかった。

二人は、それで良かった。

親に余計な介入をされることなく、自由に、二人の世界に居られるからだ。

幼少時代から、友人に裏切られたり、女子に恋愛感情を抱いても、上手くいかなかった誠一。

徐々に、現実世界の人達に違和感を感じるようになっていった。

幼稚園の頃、ある女子に恋愛感情を抱きラブレターを書いた時も、残念なことに受け取っても貰えなかったり、友人と遊びの約束をしようとしても、反応が今一で、当日、すっぽかされたり。

そういったことが積み重なって、しだいに現実世界から逃避するようになった。

歪んだ家庭環境ゆえ、幼い頃から対人関係が上手くいかなかった順子。

子供の頃から親の顔色をうかがっては我儘を言いたくても、ぐっと、こらえ、欲しいものがあっても我慢していた。

また、私生活全般において、順子が、母親に、ちょっとでも口答えしようものなら、すぐに母親は、順子をヒステリックに叱った。

そんな家庭環境から、幼少期から、順子は、クラスメイトに、いやみを言ったり、当たり散らしたり。

「何々ちゃんて性格は良さそうだけど、あんまり可愛くないわね」といったような感じのことを、ぶつけてきた。

そんな順子をクラスメイト達は、けむたがった。

そんなことの繰り返し。

母親は、順子が小学校を卒業した時、順子を近所に住む祖父母にあずけ、家を出ていってしまった。まるで、順子の養育を放棄するかのように。

他人という存在に不信感を抱いていき、順子の愛情対象は、他人よりも、自分自身。

自分が何より可愛くなっていった。

ただ、二人の救い、それは、心を許せる存在が、誠一にとっての順子であり、順子にとっての誠一であったこと。

絵具が塗り重ねられていくキャンバス。

誠一は、順子をモデルにして描いていた。

一方で、自分の自画像に取り組む順子。

オタク的趣味のある誠一は、お人形さんのようなルックスの順子を、ひたすら描く。

将来、東京に出てアイドルとしての活躍を夢見る順子は、将来の自分像みたいな自画像を描いていた。

窓から差し込む光が紅色になってきた頃、二人の絵は、完成していた。

下校の時間を表す音楽が校舎に流れ始め、静かにドアを開け入ってきた美術部の顧問。

「先生、出来ました！」

小さい叫び口調で言う誠一。

「私も！」

声を重ねるように言う順子。

完成の時の偶然に誠一と順子は顔を見合わせた。

顧問は、二人の絵を、両手に取ると、沈黙のまま、見つめていた。

誠一の絵は、人を描いたというよりも、どこか、漫画のキャラクターチックな絵だった。

順子の絵。

いかにも美人さんといった絵だが、どこか暗い表情をしていた。

「二人は少し残りなさい」

顧問が言った。

他の三人の生徒は、部室をあとにした。

顧問が何を言うのだろうと、ドキドキする誠一と順子。

静寂の中、顧問が口を開いた。

「二人とも、よく出来たわね」

「でも……」

首を傾げる誠一と順子。

「誠一くん、あなたの絵からは、心にある孤独感が感じられるの」

「順子ちゃん、あなたの絵には、心の闇が現れているわ」

二人を心配するかのように、そう言った顧問。

2

校舎を後にした二人。

日が、もう沈もうとしていた。

顧問の言ったことを二人とも気にしながら、歩いた。

「川辺に行こう」

そう言った順子。

「うん、いいよ」

誠一は、そう言って軽く、うなずいた。

川辺に着いた二人。

幼少期から、よく来ている川辺である。

二人、土手に腰かけた。

順子が口を開いた。

「美術の先生が言ったこと、私達の置かれた状況を表していて何だか心配だわ」

「まあ、でもそれはそうと……」

「私、将来、絶対に東京に出て、アイドルになる」

「親も祖父母も学校の奴らも、誰も、私のこと、分かってないのよ」

「見返してやりたいわ」

誠一は、「うん、うん」と言って聞いた。

「順子の夢、素敵だね」

「きっと叶うよ」

誠一は、何だか、ときめいた。

「俺もクラスで、いつも浮いてる」

「順子と一緒のクラスだから、それだけが救いだよ」

「私もそうよ」

「親も親でヒステリックで私を、いつだって邪魔者扱いしてきた」

「うち、貧乏だし、私のことが、重荷だったのかしら？」

「私を祖父母に、あずけて、さぞかし、せいせいしてるでしょう」

「祖父母の家も、やな感じ」

荒れた口調で話す順子。

「うちのパン屋も、全然儲かってなくて……」

「母さん、いつも辛そうだよ……」

「お金持ちになれたらなあ」

そう、つぶやく誠一。

順子は、いつか東京へ行くのだろう。自分も、いつか東京へ行って成功して、お金持ちになりたいと誠一は思った。

順子の父親は、順子が、まだ幼い頃に、愛人を作り、家を出ていき、誠一の父親は、誠一が、まだ幼い頃に病死していて、二人とも片親である。

幼少期から順子は、誠一に、自分を捨てた父親の愚痴を、こぼしていた。

話が一段落ついて、家路につくことにした二人。

いつも、別れる場所まで手を繋ぎながら歩いた。

順子は沈もうとする夕日に、将来の夢を映していた。

3

順子と別れた誠一は、アルバイト先へと向かった。

母親の営むパン屋の経営が、あまり上手くいっておらず、高校の学費の足しにするために、喫茶店でアルバイトをしているのである。

喫茶店に着いた誠一。

いつものようにカウンターに立つ。

常連客で成り立っている喫茶店。

時給は、７００円程度である。

常連客の一人が誠一に話しかけた。

「お兄ちゃん、いつも、御苦労さん」

「いつも、有難うございます」

お辞儀しながら返す誠一。

「このポルシエのモデルカー、東京で買ったんだけどさ、ここに置いて貰えないかい？」

「東京でしか手に入らないレア物だぜ」

誠一は、それを手に取ると、見つめた。

モデルカーを見ながら、誠一は、そのモデルカーに、あたかも自分が乗っているようで、またその魅惑的な外観に吸い込まれそうになった。

「店長に聞いてみます！」

威勢良く、そう返した。

深夜。

家に戻った誠一。

誠一の部屋は、アルバイトのお金で買い集めたフィギュアで、いっぱいである。

眠る前にアニメでも見ようと、ＤＶＤを再生した。

魔界を少女が冒険する物語。

魔界の悪魔達と奮闘する少女に、誠一は、何だか恋してしまい、うっとりして見入っていた。

ＤＶＤを見入っている誠一は、何だか、その映像の世界と自分が同化しているような感じになっていた。

まるで、少女と自分が同じ空間にいるかのような、そんな幻覚が誠一の頭の中を支配していた。

その少女に対して、異常な性的興奮を感じ始めた。

少女の魅惑的なコスプレに、誠一はたまらなく興奮し、萌えた。少女と自分との性的な交わりを妄想していた。

その少女と二人きりの世界。

ベールで覆うように周囲と隔離された空間。

自分を防衛しているような感じ。

やがて睡魔が襲ってきて、そのまま眠りについた。

夢の中。

順子が、テレビの中で踊りながら歌っている。

心を踊らせる誠一。

良く見ると、順子の目が涙ぐんでいる。

どうしたんだろう？

慌てる誠一。

順子の姿が、徐々に、ぼやけ、薄くなっているように見える。

やがて順子の姿が消えた。

テレビの順子が映っていた箇所を指で撫でる誠一。

消えてしまった順子の姿に誠一は、不安と焦りが強くなり、「うわー！」と叫んでしまった。

目が覚めた。

まだ夜中。

うなされていた。

再び眠りについた誠一。

4

一方、誠一と別れ、あずけられている祖父母の家に着いた順子。

順子の帰りに、全く興味すら示さない祖父母。

この祖父母の実の孫は、順子ともう一人、従姉妹の子。

もう一人の孫は、成人式をこの前あげたばかりで、東京に居て、東京の大学に通っている。

祖父母は、もう一人の孫のことは大変可愛く、小遣いや誕生日祝い、クリスマスプレゼント等、その都度、東京に送っていた。

順子の母は、結婚を反対され、駆け落ちし、順子の祖父母の家を飛び出した身である。

順子の父と順子の祖父母は、全くといっていいほど馬が合わなかったからである。

そういう背景があり、順子の祖父母は、順子のことが、気に入らなかった。

金に困ったからといって、今さら、孫を押し付けてきて、やっかいな話だ。

順子の母への、いきどおりは、順子本人にも、ぶつけられていた。

夕食の時間。

食卓につく祖父母。

少し遅れて、食卓についた順子。

しかし、祖父と祖母は、会話をしているが、順子は、仲間外れにされている。

いつものことだった。

ぎくしゃくした感じに順子は、時折、ふっと、ため息をつく。

心に刃を磨いで、闇の中にいる順子。

何で私がこんな目に。

いつか、みんな見返してやる。

そんな感情だけが、順子を支配する。

食事を終えた順子。

自室に入った。

なけなしのお金で、たまに買う女性週刊誌。

お洒落なファッションや、お化粧に包まれたモデル達、ステージで華々しく歌うアイドル達。

順子は、そんな女性週刊誌を今日も手に取ると、見入っていた。

私も周りの人達から、認めてもらいたい。

みんなに、憧れられるような人に、なりたい。

そんな想いが駆け巡る順子。

部屋にある鏡の前に立った。
自分の顔やスタイルを念入りにチェックする順子。
自分の魅力は、自分が一番分かっている。
そんなこんな心の中で、つぶやいた。

5

誠一と順子が高校に入学してから、一年が経った。
クラス替えの時期である。
担任が、それぞれのクラスを指定し始めた。
誠一の順番が回ってきた。
「田宮君、Ａクラス」
誠一は、ドキドキし始めた。
順子の番が怖くなった。
順子も、そわそわしていた。

やがて、順子の番が回ってきた。

「早乙女さん、Ｄクラス」

気持ちが落ち込んだ誠一と、頭を抱える順子。

こうして、誠一と順子は別々のクラスで、高校２年生をスタートすることとなった。

春も、もう終わろうとしている午前の授業を終えた誠一と順子。

Ａクラスの片隅で、お弁当を食べる誠一。

オタクである誠一は、周囲の人に、あまり興味を示そうとしない。

そんな誠一に周囲の人達も一線を置く。

誠一の持つ周囲を寄せつけないような雰囲気に、皆は先入観を持ち、話し掛けるのを、ためらうのだった。

中学生の頃、誠一に気を使い、話し掛けてきた、何人かのクラスメイトを、誠一は、そっけなく、あしらったりした。

そんなことが度々あり、周囲の人達は、誠一を変わり者として扱ってきた。

さっさと食べて、順子と話したい。

その一心で誠一は、箸を進めた。

一方、Ｄクラスの中央あたりで、自分で作った、ほとんど、おかずの入っていない弁当を、不満げな表情で食べる順子。

後ろの方から、何やら、ささやき声が聞こえる。

耳を澄ます順子。

「早乙女さんて、ひねくれてるわよね」

「うん、やな感じ」

「いやみっぽいし、かかわりたくないわ」

順子は頭を抱えた。

そして、自分の陰口を言うクラスメイトを憎んだ。

「順子」

教室の外から自分を呼びかける声がする。

ドアの方を見ると、手招きしている誠一。

順子は、救われた気分になった。

弁当を食べ残し、誠一と校舎の庭にあるベンチへと向かった。

ベンチに腰かける誠一と順子。

「もうすぐ夏休みだね」と誠一。

「うん」

「夏休みは、二人でたくさん遊べるね」と誠一。

「そうだね」

二人とも早く夏休みにならないかと心底思っていた。

順子の何やら病んだような顔つきに、誠一は心配そうに「大丈夫?」と慰めの声を掛けた。

「何てことないわ」

強がる順子。

ベンチに座る誠一と順子の、すぐ傍で一匹の紋白蝶が舞っていた。

この紋白蝶も、一人ぼっち。

その一匹の紋白蝶に孤独を感じる誠一と、闇を感じる順子。

順子を心配する誠一と虚勢を張る順子は、午後の授業へと向かった。

午後の授業が終わり、美術部に集う学生達。

新しい一年生の部員も加わり、部員は7名である。

描いている途中の油絵に取り掛かる学生達。
順子は、また、自分の自画像を書いていた。
自分の置かれた状況を重ねるように。
誠一も、順子をモデルにして書いていた。
二人とも完成が、まぢかだった。
誠一は、一端、筆を止め、隣の順子の絵を覗き込んだ。
順子の自画像に涙が。
何やら不安に駆られた誠一。
でも真剣に取り組む順子に声は掛けなかった。
「出来たわ」
順子の絵が完成した。
「僕も出来た」
誠一の絵も出来上がった。
順子は誠一の絵を覗き込んだ。
誠一の絵が何やら寂しそう。

描かれている順子に、何やら救いを求めているかのような感じ。

絵の順子の周囲の所々に涙の雫が。

二人とも相手の心を心配した。

二人、完成した絵を教務室の顧問の机の上に置きに行き、校舎を後にした。

帰り道。

二人は、夏休みの話ばかりしていた。

そこには、現状からいち早く逃避したい二人の悲鳴とでもいうべき心情があったのである。

6

約一年後。

再びクラス替えの時期が、やってきた。

Aクラスの誠一は、Bクラスに決まった。

Dクラスの順子も、Bクラスになった。

高校3年生、高校最後の年を同じクラスで過ごすことになった誠一と順子。
放課後、二人はその事実を知り、ほっとした。
その後、クラスでの誠一と順子は、少し気が晴れた気分で過ごした。
美術部での二人の絵。
相変わらず、順子をモデルにした絵を描く誠一と自画像を描く順子。
順子の描く自画像の目。
涙が前よりも少なくなっていた。
誠一の絵も、前よりも涙の雫が少なくなった。
高校2年生の修学旅行の時のことである。
最北の地、北海道である。
冬の北海道。
凍えるように寒かった。
厚いジャンバーやコートに包まる学生達。
宿泊しているホテル。
誠一と順子は、ロビーのソファーに並んで座っていた。

二人の目の前で音を立てながら、燃える暖炉。

「3年生、一緒のクラスになるといいね」と誠一。

「うん」

「私の心は、あの暖炉のように燃えているわ」

意味深なことを言う順子。

「私、絶対、成功する」

「負けないわ」

強い口調で順子は言った。

「アイドルの夢、きっと叶うよ」

目を輝かせながら言う誠一。

暖炉の火が二人の情熱を映すように燃えていた。

7

春の季節がやってきて、卒業式を迎えた。

積もっていた雪が溶け始め、温かい季節が、訪れようとしている。
校舎の体育館に集まる学生達。
やがて校長の話が始まり、退屈そうにする学生達。
みんなで合唱が始まった。
校歌を合唱する学生達。
誠一と順子は、口を動かすふりだけしていた。
式が終わり、解散しようとする学生達。
美術部の顧問が誠一と順子の元へ近づいてきた。
顧問は、誠一と順子の目を順に見つめた後、話し始めた。
「誠一君。人は、もっと温かいものよ」
「順子ちゃん。人を、もっと信じていいのよ」
顧問は、それだけ言うと、その場を後にした。

第二章

1

卒業式を終えた誠一と順子。

いつもの川辺に来ていた。

まだ明るい外。

太陽が雲に隠れては、また現れる。

土手で隣り合う誠一と順子。

「美術部の先生、俺達のこと心配そうだったな」

気にする誠一。

「私も気にはなるけど大丈夫じゃない？」

「それより、これからどうするの？」

「私は、早く夢を叶えたい」と順子。

「うーん」

誠一はまよっていた。

「今のアルバイトを辞めて家業を手伝おうかな」

「学費も、もう必要ないし」

「それより順子の夢、早く叶うといいね」と誠一。

「絶対叶えるから」

意気込む順子。

二人は、そのまま夕日が射すまで川辺で、たそがれていた。

夕日を見つめる二人。

誠一は夕日に順子の未来像を映していた。

いよいよ、順子は、東京へいくのだろうかと誠一は思った。

取り残された自分を思うと無性に不安に駆られた。

夕日に頑なな強い意志を誓う順子。

二人、手を繋いで家路についた。

2

母親の家業であるパン屋を手伝うことになった誠一。

厨房は、焦げるように熱く、むしむしする。

調理用の帽子やマスク、調理着などで全身をまとう。

思わず、脱いでしまいたくなる。

誠一はポケットに、いつもフィギュア人形を入れていた。

仕事の励みにするためだ。

パンを捏ねては、オーブンで焼く。

疲れるし、むし熱い。

母親が、「その、捏ね方じゃ駄目よ」と言い、誠一に捏ね方を指導する。

昼食の時間になり、母親と交代で昼休憩に入る。

誠一は、休憩になると、いつも、ポケットからフィギュアを取り出し見つめるのだった。

フィギュアを見つめる誠一は、まるで、それを順子と重ねているような感じになっていた。

3

ある日。

いつものように、額に汗する誠一の店に順子が、やってきた。

「久しぶり」

「パン買いに来てくれたんだ」

「……」

何故か沈黙する順子。

少ししてから順子が口を開いた。

「私、東京に行く」

誠一は、一瞬、茫然とした。

そして、いよいよ、その時が来たことを受け入れようとした。

受け入れなければいけない現実に、いざ直面すると、辛い心境になった。

誠一は母親に事情を話し、順子と外に出た。

前にアルバイトをしていた喫茶店に入った。

店長が二人にコーヒーをサービスで出してくれた。

「……」

沈黙する二人。

しばらくして順子が口を開いた。

「東京に出てアイドルになるわ」

誠一は複雑な心境になった。

順子には夢を叶えて貰いたい。

でも離れ離れになるのは辛い。

たとえ、会いに行くとて、ごくたまにが精一杯。

耐えきれない。

頭を抱えている誠一に、さらに順子は言った。

「明日の朝8時の特急で行くわ」

誠一は、慌てていたが、冷静を装った。

「そうか……」

「順子は、きっと成功するよ」

「なかなか会えなくなるね」

棚に以前、常連客から貰ったモデルカーがまばゆい感じで飾られていた。

いつか自分も東京に行けば、成功して、お金持ちになれるかもしれないという願望が、再び、誠一の脳裏をよぎった。

4

次の日。

朝6時に起きた誠一。

受け入れがたい現実と受け入れなければいけない現実との狭間で葛藤しながら、順子と待ち合わせした駅に行く準備をする。

駅への足取りが重かった。

複雑な心境で駅へと向かう。

やがて駅に着くと、順子がホームに立っていた。

駅のベンチに二人、腰かけた。
季節は夏。
ミンミン蝉が辺りで鳴いている。
肩を落として、黙っている誠一。
「私、頑張るから」
「うん……」
元気なさげに答える誠一。
二人とも、今までの二人のことを思い出していた。
幼い頃から、いつも二人、一緒だった。
よく川辺で二人、語り合ったこと。
高校生活のこと。
美術部でのこと。
電車が近づいてきた。
過去と未来の狭間で、二人、葛藤した。
ミンミン蝉の鳴き声が気にならないくらいだった。

電車がホームに止まり、扉が開いた。
乗り込んだ順子。
「会いに行くから！」
叫ぶ誠一。
やがて、扉が閉まった。
動き出す電車を追う誠一。
電車は速度を増し、誠一は必死に追った。
そして、電車は、行ってしまった。
ホームに残された誠一。
ミンミンと鳴く蝉の鳴き声が、切なく聞こえた。
誠一の目には、涙が溢れていた。

5

それからの誠一は、仕事も、あまり精が出なくなった。

遠くへ行ってしまった順子。

今頃どうしているのだろうかとか、無事に健康にやっているのだろうかとか、心配が頭の中を駆け巡る。

昼休憩に出すフィギュアも、前とは、少し感じが違う。

まるで、自分とフィギュアの間に距離が出来たかのような感じである。

仕事が終わり、自室に居れば、他のフィギュア達や、アニメのＤＶＤに守られている感じにはなるが、心に穴が開いた感じである。

たまらず、順子の携帯電話に連絡してみた。

「順子、お久しぶり。元気で、やってる？」

「うん、楽しく、やってるわよ」

順子の声は、明るかった。

誠一は、何だか、ほっとした。

それから、何度か、順子と連絡を取り合った。

6

ところが、順子との連絡が次第におぼつかなくなり、ついには、連絡が取れない状況になってしまった。

やがて誠一の心は、悲鳴をあげてきた。

だんだん、いてもたってもいられなくなった。

誠一は一人で、以前順子と話した喫茶店に入った。

夢を追って東京へ行った順子。

そのことを思いながら、棚のモデルカーを見つめていた。

東京は、お宝が、たくさん眠っていそうだ。

そんなことも同時に思い描いていた。

パン作りの仕事をしながら、誠一は、あまり儲かっていない家業を痛感していた。

そして、東京に行けば、成功して、お金持ちになれるかもという期待が、再び誠一の脳裏をよぎった。

誠一は、決心した。

僕も東京に行こう。

仕事を終えた誠一は、母親に打ち明けた。

「お母さん、僕、東京に行くよ」

「え！」

おどろく母親。

「何言ってるの？」

「あなたみたいな子が東京に行って、上手くいく訳ないじゃない！」

「どうしても行きたい」

「何が何でも行く」

誠一の決意は固まっていた。

「……」

しばしの沈黙の後、母親が口を開いた。

「行きなさい」

「でも気をつけるのよ」

「いい人ばかりじゃないから」

母親は、そう言うと、「お金がいるでしょ」と言い、紙封筒を持ってきた。

中身は見ずに誠一は、それを鞄に、しまった。

こうして誠一が東京に行くことが決まった。

7

東京駅が近づいている。

電車に揺られる誠一。

何だかワクワクしてきた。

テレビや新聞、雑誌で見ていた東京。

誠一には東京という街に華々しいイメージがあった。

東京駅に着いた誠一。

改札口を抜けた。

林立する高層ビルに車の列、群れをなす人々。

テレビや新聞や雑誌で見ていたとおりだった。

駅の売店を見つけ、缶ジュースでも買おうと思い、店員に話し掛けた。

「すみません、このジュース下さい」

「お取り下さい」

「120円です」

店員の反応が事務的である。

少し歩いて、コンビニエンスストアを見つけた。

中に入り、のど飴を買うことにした。

レジに行くと、

「はい、150円です」

また事務的で冷たい感じである。

誠一は、だんだん落胆してきた。

これが東京か……

思っていた街と違う……

同時に不安が襲ってきた。

順子は、大丈夫だろうか？
どうしているのだろう？
と。

第三章

1

誠一は、とりあえず不動産屋で部屋を探すことにした。

敷金と礼金が必要と思い、母親がくれた紙封筒を期待半分に開けた。

紙袋の中には、50万円も入っていた。

ありがとう、お母さん。

母親の、やさしさに心がジーンとなった。

季節は、秋であった。

東京の秋。

ふるさとと比べると、自然の情緒感が少ない。

ただ秋風だけが、真夏の疲れを癒してくれているようだった。

誠一は、秋葉原に、さまざまなオタクグッズが売っていることを情報として知っていたので秋葉原近郊の不動産屋を当たることにした。

書店で東京の地図を購入すると、あれこれ悩んだあげく、秋葉原に電車一本で行ける沿線の駅に向かうことにした。

駅に到着。

駅の近くに不動産屋の看板がある。

中に入った。

「いらっしゃいませ」

女性従業員が出迎えた。

「部屋を探しているのですが……」

女性従業員は、お茶を持ってくると、一緒に、物件のカタログを持ってきた。

「どんな部屋を、お探しですか？」

「家賃は？」

「立地条件は？」

「駅から近いところで出来るだけ安い家賃で探しています」

女性従業員は、カタログを、めくり始めた。

3つほど物件を勧められ、一番安い、家賃6万の部屋を見学に行くことにした。

古びた感じのアパート。

でも風呂もトイレも共同ではなかった。

まあ、ここでいいか。

そう思った誠一は、「ここに決めます」と言った。

保証人を母親にし、契約書に印を押した。

敷金、礼金は、ありがたいことに、必要ないとのことだった。

大家さんが、即日からの入居を了解してくれたため、今日から、ここに住むことになった。

畳敷きの六畳一間の部屋。

誠一は、とりあえず腰を下ろした。

ポケットから、例のフィギュアを取り出した。

フィギュアとの距離感が、また近くなった感じである。

順子に電話したが未だ連絡が取れない。

誠一は、母から貰ったお金を持って、秋葉原に向かった。

秋葉原駅に着いた誠一。

たち並ぶ電気店。

フィギュアの店やＤＶＤショップが所々にある。
誠一は何だか安心感を感じた。
まるで街全体に守られているよう。
とりあえず、適当に電気店に入った。
豊富な種類の電化製品が、陳列してある。
テレビ、ＤＶＤレコーダー等を買った。
それから冷蔵庫等を購入し、トータルで15万円くらい使った。
布団や食器等は、実家から送って貰うことにした。
電化製品の買い物が一段落し、外に出た誠一。
日も、もう暮れていて、誠一は、帰宅した。
宅配を、お願いした電化製品が届くのは、２日後。
部屋は殺風景である。
食事をしようと思い、近くの中華料理屋に入った。
これからのことを、あれこれ、模索しながら、箸を進めた。
翌日。

再び、秋葉原に来た誠一。

フィギュア店やＤＶＤショップを回り、幾つかのフィギュアとアニメのＤＶＤを買った。

誠一は買ったフィギュアを並べ始めた。

安心感が増していく。

それから、ただ、ボーっとしていた。

時折、気になる順子のこと。

だんだん眠くなってきて、その場で、ごろ寝した。

夢の中。

テレビにステージで歌う順子が映っている。

客達の歓声と、華麗に踊りながら歌う順子。

突然、男がステージに上がってきて、順子もろとも消えた。

「うわ！」

叫ぶ誠一。

誰も残されていないステージ上。

茫然とする誠一。
目が覚めると朝だった。
うなされていた。
手に汗が。
その日の誠一。
近くのコンビニエンスストアで求人雑誌を買うと仕事を探し始めた。
以前、喫茶店やパン屋の経験のある誠一は、飲食店の求人を探すことにした。
時給1200円。
六本木。
レストラン。
これだ。
誠一は思った。
駅から、そんなに遠くないし、かなりの高待遇である。
さっそく電話を掛けると面接の約束を取り付けた。

2

面接当日。

緊張しながら六本木に向かう誠一。

六本木駅に着くと、エレベーターを幾つも上がり、外に出た。

面接の時間は、夜7時。

街の明かりに包まれる六本木。

所々に怖そうな黒人が立っている。

酒の入った人達が、犇めいている。

ちょっと怯えぎみに誠一はレストランに向かった。

レストランのドアを開け、「面接にきました、田宮誠一です」と。

レストランの店長らしき人が出てきて面接が始まった。

「履歴書を見ると、飲食店の経験があるようだね。仕事のノウハウは、ある程度理解できていると思ってもよいのかな？」

「はい！」

威勢良く答えた誠一。

その他、もしこういうお客様がいたらどう対応しますかとか、入れるシフトは、などを聞かれた。

面接が終わり、店長が「結果は明日には連絡します」と。

誠一は不安と期待の心境で、その場を後にし、家路についた。

次の日の午後、電話が、きた。

面接は合格らしい。

人手が足らないから、今日からでも来てほしいと。

その日から出勤することになった誠一。

まずは、皿洗いを、やらされた。

荒れていく手。

このレストランは深夜営業のレストランで開店7時、閉店は明朝だった。

仕事を終える頃には、疲れ果てている。

誠一はポケットに例のフィギュアを、いつも入れていた。

休憩時間になると、フィギュアを取り出しては、順子を想い、また心配もする。

順子は、今頃どうしているのだろう？
大丈夫だろうか？
想いが頭の中を交錯する。
やがて冬が訪れようとしていた。
寒い季節に心なしか順子への心配も強まる感じがする。
誠一は皿洗いから、ウエイターになった。
厨房で出来た料理を、お客さんに運んだり、レジを打ったり。
順子への想いを噛みしめながら、冬が訪れた。

3

ある日のことである。
いつものように、ウエイターの仕事をする誠一。
店のドアが開き、女性連れの男性が入ってきた。
その女性を見た誠一は、目を疑った。

まさしく順子。

いや、確かに順子である。

ただ濃い化粧に着飾った洋服。

前の順子とは、明らかに違う。

順子も誠一に気づいた。

「あ!」

驚く順子。

「順子!」と誠一。

男性が「知り合い?」と順子に言った。

順子は何やら困った様子で「うん」と。

席についた男性と順子。

この二人は、どういう関係なんだろう? と思いながら、男性がトイレに行った時に、誠一は席に近づいた。

「仕事、何してるの?」

順子は答えた。

「六本木のキャバクラで働いてるわ」

「今日はアフター」

困惑する心を外に出さないようにして誠一は「そうなんだ」と。

順子は帰りに店の名刺を誠一に渡した。

そこには、ともみという名前と携帯番号、メールアドレス、店の名前が書いてある。

4

非番の日。

誠一は勇気を出して順子の店に行くことにした。

名刺の裏に書いてある地図を頼りに、店へと向かう。

入り口で、黒服の男性スタッフが丁寧な口調で、「ご指名は、ございますか?」と。

誠一は、「ともみさん」と告げた。

中に案内された誠一。

驚愕した。

豪華な内装にシャンデリア。

賑わう人々。

席についた誠一に、やがてドレス姿の順子が、やってきた。

ドレスを着た順子に戸惑いを隠せない誠一。

「ここは楽しむ所よ」

「あたふたしないの」

誠一を落ち着かせようとする順子。

「びっくりしたよ」

「順子が、こういう店で働いてるなんて」

「いいの」

「それなりに楽しいし、お金のためだもん」

「でもアイドルの夢は諦めてないわ」

言い張る順子。

「でも本当に久しぶりだね」

「会えて良かった」

「元気そうだし」

目を、うるうるさせて言う誠一。

「私も会えて良かったよ」

そのうちボーイが来て、「ともみさん」と呼んだ。

「ヘルプがつくから」

順子は、そう言うと席を立った。

別の女の子がボーイに連れられてきた。

何やら、天然ぽい子で、アニメに出てきそうな顔立ちの子だった。

「私、ともみさんと友達なんです」

「仲良くして下さいね」

「かえでと、いいます」

「よろしくね」

「こちらこそ」

「誠一です」

誠一は、恥ずかしげに言った。

やがて1時間が経ち、ボーイが声を掛けに来た。
誠一は、ここで帰ることにした。
順子が、やってきて「今日は、ありがとう。嬉しかった」と言った。
順子に、お見送りされ、誠一は店を後にした。
店を出た誠一は、キャバクラに、不自然な感じと、違和感を感じていた。
順子が、露出したドレスで応対してきたことも、妙な感じがしていた。
しかし、反面、順子が、さらに、アイドルチックに思えた。
そして、かえでという子。
まるで、アニメのキャラクターみたいで、誠一が萌えたのも事実だった。

5

その日以降、誠一は、仕事の休憩時間に取り出す、フィギュアを妙に温かく感じた。
再び、そのフィギュアが自分の一部であるように感じるようになっていた。
ある日の深夜。

ウエイターをしている誠一の店に、順子が一人でやってきた。

悩みを抱えているような順子の表情。

誠一は、もうすぐ休憩時間だった。

「ちょっと待ってて」

「もうすぐ休憩だから」

「うん」

誠一の休憩時間がきて誠一と順子は外に出た。

近くのカフェに入った。

席についた二人。

「あーあ」

と、ため息を漏らし、うつむく順子。

「どうしたの？」

心配する誠一。

「病んでるのよ」

ため息混じりに言う順子。

「指名、伸び悩んでるし」

「今日だって、常連のお客さん以外はダメだったわ」

「同伴も、みんな、なかなかしてくれない」

「この前も、同伴の約束までは取りつけたんだけど、すっぽかされちゃった」

「面倒くさい客もいるし」

「この前だって、あるお客さんにしつこく口説かれて大変だった」

誠一は順子の心のストレスを心配した。

「私、前、歌舞伎町の店で働いてたのよ」

「そこは売上制で席で売上れば売り上げるほど自分に帰ってきてた」

「ある時なんて、私のバースデーでお客さんがシャンパンタワーしてくれて、大もうけだったわ」

「稼ぎの波はあるし、指名と場内で給料の割り振りが大分違うから、女の子同士の喧嘩も、しょっちゅうだったわ」

「ある時なんて、女の子の先輩と後輩で明け方まで口論になったくらいだから」

「そういうのが嫌で六本木の店に移ったの」

「でも、六本木は六本木で完全ポイント制」

「ポイント稼ぎまくらなきゃ大きい収入はないのよ」

「ある女の子は、ポイントが減っちゃって家賃の安い所に引っ越したわ」

「営業も、だるい」

「気の無い相手に、気のあるような素振りしたり、メール送ったり……」

「最近も、ある大嫌いなお客さんにニャンニャンしたり、思わせぶりなメール送ったりしてるのが、大分、負担になってるわ」

順子は続けた。

「私、体が弱くなったみたい」

「疲れてるみたいで」

「よく熱を出して、寝込んだりするのよ」

「このままじゃ体が、もたない」

誠一は、さらに心配になり、順子にキャバクラの仕事を辞めることを勧めた。

順子は、心許なくうなずいていた。

6

誠一と順子は毎日のように連絡を取り合っていた。

「おはよう」とか、「元気にしてる?」とか。

何気ない、やりとりだけれども誠一は、連絡を取り合うたびに、ほっとしていた。

それが、あのカフェで話した日を境に順子との連絡が、あまり取れなくなっていった。

やがて全く連絡が取れなくなった順子。

不安と焦りが誠一を襲う。

ポケットから取り出すフィギュアに、また距離を感じるようになっていった。

誠一は、再び、順子が働く店に行った。

黒服に入り口で指名を聞かれ、「ともみさん」と言うと黒服は、「ともみさんは退店されました」と。

誠一は、順子の友達であると言っていた、かえでを指名した。

かえでが席について言ったこと。

「ともみちゃん、大金持ちのお客さんの愛人になっちゃって、店辞めちゃったのよ」

唖然とする誠一。

かえでと番号交換をしてから、すぐに店を出た。

第四章

1

自宅に戻った誠一。

まだ心が動揺している。

何故、順子は？……

そんな疑問と苦悩に思い悩み、どんどん気持ちが、めいってくる。

だんだん気持ちが、うつっぽくなってきた。

順子は、もう僕のことなんて、どうでもよくなってしまったんだ。

順子の気持ちは、もう僕に無いんだ。

落胆と絶望が誠一を包み込んだ。

例のフィギュア人形。

見つめていても、空しく切ないだけ。

でも、心のどこかに、順子が再び自分の元へ帰ってきてくれるのではないか、という期待感を忍ばせていた。

というよりも、そう自分に言い聞かせなければ、自分が壊れてしまいそうだった。

真冬の寒い季節。

暖房もない部屋で布団に包まりながら、誠一は、瞑想していた。

2

自宅と職場の往復の日々。

レストランで仕事をしていても、自室でアニメを見たり、フィギュアをいじくったりしていても、誠一は常にやるせなさや空しさを感じていた。

職場で休憩時間に例のフィギュアを取り出すこともしなくなっていた。

寂しい……

誠一は、だんだん耐えきれなくなってきた。

非番の日の夜。

寂しさに限界のきていた誠一は、かえでに電話を掛けた。

「今晩、会ってくれない？」

悲鳴のような誠一の声。

「うん、いいよ」

「1時まで仕事だから、その後なら」

快く会ってくれることになった、かえで。

以前、順子と話したカフェで待ち合わせした。

待ち合わせ時間から少し遅れること、かえでが来た。

「どうしたの?」と、かえで。

誠一は順子との、過去から現在のことまでを洗いざらい、かえでに話した。

かえでは、とても親身になって聞いてくれた。

誠一は嬉しかった。

心に抱えていたものを、聞いてくれた、かえでに心を許した。

その後、今度は、かえでが、何やら深刻そうに、話し始めた。

「私、親に借金があって、そのためにキャバクラで働いてるのよ」

「キャバクラの仕事、楽じゃないし、むしろ、お客さんに酷いこと言われたりして、辛いことも多いけど、辞めるに辞められないのよ」

「私、特に、神経質な性格だし、精神的に、もうズタズタ」
誠一は、だんだん、かえでのことを可哀想だという心情に、かられてきた。
かえでのアニメに出てきそうな、天然ぽい、見た目。
心のどこかで順子と重ねたりして。
かえでは、親身になって聞いてくれる誠一のやさしさに、心が惹かれていった。
「今度の日曜日空いてる？」と、かえで。
「うん」
二人はデートの約束をした。
自宅に戻った誠一。
秋葉原で買ったアニメのＤＶＤを再生し始めた。
そこには、まるで、かえで、そっくりのキャラクターが映っていた。
誠一は、そのキャラクターと、かえでを頭の中で、一体化させていた。
しかし、それでも、誠一は、順子のことが気になっていた。

3

デートの日。

二人は、遊園地に行こうと約束していた。

遊園地に着いた二人。

観覧車やジェットコースター等が目立つ。

二人は、とりあえずコーヒーカップに乗ることを決めた。

受付に、お金を払い、コーヒーカップに二人、乗り込んだ。

動き出すコーヒーカップ。

誠一は、回るコーヒーカップの中の向かいの、かえでを見つめながら、アニメのキャラクターと同視していた。

ぐるぐる回るコーヒーカップ。

誠一は、かえでを、まるでアニメのキャラクターが動いているかのように感じる。

ほほえんでいる、かえで。

誠一は、アニメのキャラクターが、ニッコリしているかのように感じ、そのキャラクターに見守られているかのような気持ちになっていた。

そんなキャラクターの、ほほえみに安心感と萌えを感じた誠一。
かえでとの交際を考えた。
コーヒーカップが一周し、二周し、ゆっくりと止まり始めた。
誠一は言った。
「付き合ってくれない？」
かえでは、ちょっと間を置いてから、「うん」とうなずいた。

4

それから、デートを重ねていくうちに、二人は、どんどん親密になっていった。
そして、たまに、かえでが誠一の家に来るようになり、二人は同棲を始めた。
「ねえ、サクラちゃんて呼んでもいい？」
アニメのキャラクターの名前だった。
かえでは、不思議がりながら、うなずく。
かえでと同棲生活を始めたものの、誠一は、順子のことを、気にしていた。

複雑な心境のまま、冬が、もう終わろうとしていた。
最近、かえでの様子が、どこか、おかしい。
誠一は、そう感じていた。
かえでの帰りが、やたら遅い。
かえでの誠一に対する態度も前に比べ、どこか冷たい。
誠一は、疑問と不安を感じながらいた。
ある日、突然、かえでが、いなくなった。
慌てる誠一。

5

誠一はレストランの仕事を休み、かえでの店に行った。
黒服に指名を告げたが、「かえでさん、退店されました」と。
とりあえずフリーで店に入った誠一。
ボーイに連れられて、女の子が、やってきた。

誠一は、女の子に聞いた。

「かえでちゃん、どうしたのか知らない？」

女の子は、言いにくそうに言った。

「かえでちゃん、ホストに、はまっちゃって、風俗に身売りしちゃったらしいよ」と。

愕然とする誠一。

第五章

1

自室に戻った誠一。
まだ唖然としている。
やがて、正気に戻ったが、徐々に、全てのことが悲観的に思えてきた。
順子も、かえでも……
もう駄目だ。
世の中なんて……
誠一は、世の中に絶望的な感情を抱いていた。
どん底のような心境。
誠一は、気を紛らわすため、秋葉原で買ったアニメのＤＶＤを見始めた。
そこでは、主人公が、失恋してドラッグに手を染める姿が。
誠一は、そのキャラクターと自分とを頭の中で同化した。
それにしても気持ちが沈みきっている。

たまらず誠一は、外に出た。

2

誠一は新宿に来ていた。
眠らない街、新宿に何故か足が向いていた。
街のネオンを通り抜けて、歌舞伎町辺りに着いた。
さまよい歩く誠一。
時間は、もう夜中の3時である。
怪しい路地に入った誠一。
後ろから誰か、つけてくる。
振り向くと、イラン風の外人だった。
その外人の誘い通りに後についていく誠一。
やがて、怪しげな建物に辿り着いた。
細い通路の階段を登った。

そして、小さな部屋に通された。
その場を去った外人。
部屋の隅に、初老の男性が椅子に座り、誠一を出迎えた。
「シャブがほしいのかい？」
男性は言った。
ためらう誠一。
男性は、携帯電話で何やら電話をしていた。
やがて、ドアをノックする音が聞こえ、男性が荷物を受け取り、誠一に差し出した。
白い粉の入ったビニール袋。
これがシャブか。
冷静さを失っていた誠一は、それを購入してしまった。
男性が、「それ、鼻から吸うといいんだ」と使い方を説明する。
「平らな所に、袋から少し、こぼしてな」
そして、「これ、おまけだ」と言いＤＶＤを誠一に手渡した。
男性は、紙切れに携帯番号を書くと誠一に渡した。

3

自室に戻った誠一。

目の前に置かれた、白い粉とＤＶＤ。

心が、どんどん、闇に包まれていく。

ゆううつさ、絶望感。

誠一は、だんだん我を失ってきた。

そして、ついには、目の前にある白い粉をビニール袋から少し取り出し、男性に言われたとおりに、鼻から吸ってしまった。

だんだん高揚していく心。

誠一は、何だか楽しくなってきた。

まるで、不思議の国に、いるみたいで、あちらこちらに、羽のついた天使が見える。

気分も、かなりエキサイトしている。

そして、男性が、おまけだと言ったＤＶＤを再生し始めた。

アニメだった。

そこに映るのは、何と、あの順子そっくりのキャラクターだった。

しかも、そのキャラクターは、ステージで歌うアイドルだった。

歌うアイドルと順子を頭の中で同化させる誠一。

アイドルが歌を歌い切ろうとしたその時、キャラクターが映像の中から飛び出してきた。

驚く誠一。

キャラクターは、誠一の部屋で再び歌い始めた。

興奮する誠一。

まさしく、アイドル順子である。

外が明るくなってきた。

4

眠っていたのだろうか、時計の針が昼間の1時を指している。
昨晩、現れていたキャラクターの姿がない。
気分も、また、うつっぽい。
誠一は、再び白い粉を吸った。
また気分が高揚してくる。
少し時間が経過した。
部屋の片隅を見ると、何と、そこに、昨晩のキャラクターが座っている。
そして、誠一を手招きしていた。
近寄り、キャラクターの隣に腰かける誠一。
「順子」
そう呼んだ。
「私、とうとうアイドルになったわ」

キャラクターが話した。

「おめでとう」

「夢だったもんね」

目を輝かせながら言う誠一。

キャラクターと3時間くらい話しこんだ。

5

キャラクターと外に出た誠一。

秋葉原に向かった。

電気街をキャラクターと手を繋ぎながら歩いた。

誠一は、すっかり有頂天になっていた。

キャラクターと、コミックショップで買い物をしたり、食事をしたりして、秋葉原の街を楽しんだ。

6

ある日、目覚めた時。

誠一は、シャブが、もうなくなってしまっているのに気づいた。

姿のないキャラクター。

気分も、うつっぽい。

誠一は、苦しんだ。

迷ったあげく、歌舞伎町の男性から受け取った電話番号に電話を掛けた。

「もしもし」

男性の声。

「あのー、粉が欲しいのですが……」

「そう」

「じゃ、前回の場所で」

誠一は歌舞伎町に向かい、再びシャブを入手した。

自室に戻り、それを吸う誠一。

キャラクターが再び現れた。

キャラクターとの楽しい時間が始まった。

7

それからの誠一は、シャブが、なくなっては、購入するといった日々の繰り返しだった。

レストランの仕事は、無断欠勤が続いている。

でも、何よりも、誠一には、キャラクターとの時間が楽しくて仕方なかった。

やがて、誠一は、金銭的にシャブの入手が困難になってしまった。

手が震える。

やがて体全体が震えてきた。

消えていくキャラクター。

気分も、どん底の、うつ状態になってきた。

苦しみ、もがく誠一。

眠れぬままに、もがきながら一夜を明かした。

8

それから約一週間くらい、地獄の日々を重ねた。不安になったり、鬱状態になったり、禁断症状が誠一を襲った。そしてある日、誠一は冷静さを取り戻していた。

初夏の太陽の日の光が窓から差し込んでくる。

シャブから抜け出した。

あのキャラクターは幻覚だったんだ、と分かった。

第六章

1

誠一は、レストランに出勤した。

無断欠勤のことを店長にさんざん怒られたが、店長は何とか許してくれた。

夜中。

女性が店のドアを開けて入ってきた。

順子だった。

「順子……」

順子は誠一の元へ近づくと言った。

「愛人に捨てられた……」

「愛人は、私のことなんて所詮、遊びにすぎなかった」

「私に飽きたとたん、冷たくなってきて、しまいには、どこかへ行ってしまった」

2

そのままレストランから帰ろうとしなかった順子。
安心感に包まれた誠一。
明け方になった。
店終まいを終えた誠一。
順子の元に近づくと言った。
「ふるさとに帰ろう」
順子は黙って、うなずいた。
東京駅から東北へ帰る二人。
終始、無言だった。

3

再び、あの川辺。

土手に腰を下ろす誠一と順子。

誠一が口を開いた。

「東京、思っていた街とは違ってたね」

ただ、うなずく順子。

「でも二人とも、こうして無事に、いられたね」と誠一。

「うん」

夏の川の水面が太陽の光を反射していた。

二人は、こうしていられることを心地よく感じ、その光を見つめた。

4

二人は、美術部の顧問を訪ねて、母校に行った。

教務室の顧問の所へと行った。

顧問は笑顔で出迎えてくれた。

そして言った。
「あなた達の孤独や闇、それは、あなた達が二人でいることで癒されるのよ」と。

堕天使《だてんし》と堕青年《だせいねん》

2012年6月20日　第1刷発行

著　者 ── もっちープリンス

発行者 ── 佐藤 聡

発行所 ── 株式会社 郁朋社《いくほうしや》

〒101-0061　東京都千代田区三崎町2-20-4
電　話　03（3234）8923（代表）
FAX　03（3234）3948
振　替　00160-5-100328

印刷・製本 ── 日本ハイコム株式会社

 ISBN978-4-87302-525-4 C0093